W0407969

ALFAGUARA
Voramar

DIRECCIÓ EDITORIAL: Enric Juan Redal
COORDINACIÓ EDITORIAL: Immaculada Gregori
CORRECCIÓ: Miquel de Val

PAPER RECICLAT 100%

Esborratí, esborratot

Mercé Viana

Il·lustracions de María José del Amo

INFANTIL

ALFAGUARA
Voramar

© Del text: 1995, MERCÉ VIANA
© De les il·lustracions: 1995, MARÍA JOSÉ DEL AMO
© D'aquesta edició:
1995, Santillana, S. A. i Voramar, S. A.

Elfo, 32
28027 Madrid
Teléfono (91) 322 45 00

Jacinto Benavente, 19
46005 València
Telèfon (96) 395 26 90

ISBN: 84-204-5174-6
ISBN: 84-8194-053-4
Dipòsit legal: M. 33.277-1996

Primera edició: 1995
Primera reimpressió: octubre 1996

Disseny de la col·lecciò:
JOSÉ CRESPO, AURORA RAMOS, JESÚS SANZ

Imprés sobre paper reciclat
de Paperera Echezarreta, S. A.

Printed in Spain

Tots els drets reservats.
Aquesta publicació no pot ser reproduïda, ni completament ni en part, ni enregistrada en, o transmesa per, un sistema de recuperació d'informació, en cap forma ni per cap mitjà, ja siga mecànic, fotoquímic, electrònic, magnètic, electroòptic, per fotocòpia, o qualsevol altre, sense el permís previ per escrit de l'editorial.

Esborratí, esborratot

La classe

¡¡¡RIIINNNGGG!!!

El timbre se sentia per tots els racons de l'escola. Era el senyal impassible que la mitja hora per a esmorzar, per a xarrar i per a donar solta a les cames ja havia volat.

Les xiquetes i els xiquets, amb cara de pomes agres i les gotes de suor fent-los carreres per les galtes, deixaven jocs, converses i rialles per tal de reunir-se davant les portes d'entrada, a l'edifici de l'escola.

Alguns dels alumnes caminaven quasi resistint-se a fer-ho, com si alguna força misteriosa els ho impedira. D'altres corrien, com si d'una cursa importantíssima es tractara, per arribar-hi aviat i aconseguir ser els primers de la fila. ¡Els agradava tant ser els primers...!

Els mestres ja els esperaven per posar una mica d'ordre en les fileres que s'anaven formant. La senyoreta Maria Dolors sempre era la primera a acudir en aquell lloc de trobada obligatòria, ja que, si hem de ser sincers, de raons no li'n faltaven.

La senyoreta Maria Dolors era la tutora d'un curs d'allò més valent. No us penseu que les criatures eren uns diables amb cua i banyes, ¡de cap manera! Simplement eren xiquets i xiquetes amb alguna entremaliadura en el seu historial i, això sí, amb el cap ben atapeït de moltes històries. No ens pot estranyar, doncs, que la mestra trobara necessària la seua presència per evitar les empentes quotidianes, algun colp incontrolat i les brometes d'última hora.

—¿Voleu estar quiets, dimonis?

—¡Josep, deixa la Carme tranquil·la!

—¡Maria, tira aquesta sargantana, que ja sé què estàs pensant!

—¡Lleva't del cap el barret de paper, Vicent, que no ets Napoleó!

—Pau, ensenya'm les mans. ¡Mare de Déu! ¿De quin color són? Ara mateix et vull veure de nou ací amb les mans ben netes, ¡apa!

Aquestes eren, entre altres, les coses que, un dia sí i un altre també, havia de dir Maria Dolors a aquella colla d'incontrolats que tenia per alumnes, abans de tornar a classe.

Amb tot, la senyoreta Maria Dolors no ho deia enfadada. Ella bé que se'ls estimava i, quan ningú la mirava, se li escapaven algunes rialletes dissimulades i els ulls li brillaven força, perquè, en el fons del seu cor, ella els entenia molt bé i sabia com era de difícil mantenir quiets aquells cossos plens de vida i amb ganes d'aventura. És per això que ben

sovint recordava les paraules del seu iaio, quan li deia allò de «la carn jove mai pot estar quieta.»

Fins que els xiquets i les xiquetes no es calmaven, la senyoreta Maria Dolors no els deixava pujar a classe, i això significava ser sempre els últims a entrar.

Ara bé, la mateixa força que els impulsava a botar i a córrer al pati, es convertia, així que entraven a l'aula, en ganes de treballar, de preguntar, d'intervenir i, naturalment, de xarrar una mica més d'allò que les normes permetien. La mestra, conscient d'aquests valors, procurava oblidar amb rapidesa els innocents incidents del pati.

Aquell 10 de març, però, mai l'oblidaria ningú, ni la mestra ni els alumnes. Asseguts a la fi, cadascú a la seua cadira, iniciaren tot seguit la bateria de preguntes de cada dia.

—Senyo, ¿què farem ara?

—Senyo, ¿continuem llegint el llibre de la biblioteca?

—No, jo vull escriure la història d'un vampir.

—¡Senyo, senyo! ¡Toni diu que vol escriure la seua història!

—¡Teatre, teatre! ¿Per què no fem teatre, senyoreta?

—Doncs, ¡jo vull fer matemàtiques!

—¿ M A T E M À T I Q U E S ? ¡¡¡UUUUUHHHHH!!! —cridà un grapat d'alumnes.

Maria Dolors, sense alterar-se, els mirà per dir-los:

—El que aneu a fer ara mateix és una activitat de vocabulari.

—¡Oh, no! —digué Pau—. ¡De segur que haurem de completar buits...!

—¡Exactament! —contestà Maria Dolors—. Així, doncs, prepareu el quadern aviat.

—Però —digué Lena—, si ahir ja vam fer un exercici de vocabulari...

—Ja ho sé però, com que no hi posàreu gens d'atenció, el féreu prou malament. De segur que avui pensareu més les coses abans d'escriure, si no... ¿eh que no voldríeu tornar a fer-ne un altre, d'exercici, demà al matí? —preguntà Maria Dolors.

Tothom abaixà els ulls i obrí el quadern per escriure el que començava a dictar la mestra.

—Activitat primera de la pàgina 62 del llibre de llenguatge.

El van obrir amb parsimònia i es trobaren davant d'aquesta activitat, aparentment tan innocent com qualsevol altra activitat.

Completa els buits de les frases següents amb els significats dels dibuixos.

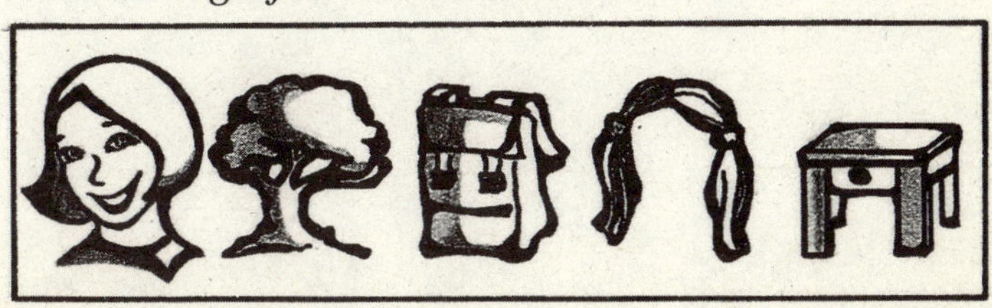

- *Les pallassades de l'Enric fan .... la mare.*

- *L'Ajuntament ha plantat un .... al carrer.*

- *Borja porta la .... plena de llibres.*

- *Els .... de Sílvia són negres com la nit.*

- *A Júlia li han comprat una .... per a estudiar.*

Maria Dolors, en veure les cares de llàstima dels seus alumnes, tractà d'animar-los:

—Com que estic ben segura que fareu l'activitat molt bé, així que l'acabareu ens dedicarem a assajar l'obra de teatre.

El somriure va il·luminar, de bell nou, les caretes d'aquelles criatures i, amb un ¡uau, que xuli!, es posaren com llops a la faena.

Miraren bé els dibuixets que tenien al davant, llegiren les frases incompletes i fins i tot a més d'un alumne se li van escapar coses com:

—¡Facilíssim! Açò és pa i nous.

—¡I tant! A la primera es posa «riure», a la segona «arbre», a la tercera...

—¿Voleu callar? —intervingué Maria Dolors—. Agafeu el llapis i comenceu a escriure en silenci.

Amb pressures, sorolls quasi inevitables i

un somriure de mitja lluna, els xiquets i les xiquetes agafaren el llapis i començaren la faena.

Fins ací tot sembla normal, ¿eh que sí? I estic ben segura que, sense més ni més, a ningú li agradaria que sorgira alguna dificultat enrevessada i incomprensible que desfera aquesta normalitat, ¿eh que no?

Però la vida és com és i, tal com diuen els savis, allò que no passa en un any pot passar en un instant. I això és el que va succeir aquell 10 de març, ja que, de sobte, un fet totalment alié a la quotidianeïtat del dia a dia impressionaria de tal manera l'ànima de tothom que les conseqüències se sentirien força per tot el poble en general i per tota la classe en particular.

El problema en qüestió va aparéixer quan els alumnes tractaren d'escriure la primera paraula d'aquella activitat fatídica. Ho intentaren i ho tornaren a intentar però, per molt d'afany que hi posaren, ningú ho va poder aconseguir.

I vet ací que en aquella lluita misteriosa entre la paraula i el llapis, el somriure que fins aquell moment il·luminava el rostre de les criatures va desaparéixer tot d'una, alhora que una mena de ganyota nostàlgica, d'allò més estranya, es formava al semblant de tots.

Les paraules fugisseres

Els alumnes, una miqueta confosos, miraren els llapis per tal de comprovar que tenien punta. Ratllaren sobre un paper i constataren que les línies es distingien amb una precisió absoluta.

Amb el desconcert a l'ànima, intentaren escriure novament la paraula «riure», però, amb més sorpresa que no abans, comprovaren, de bell nou, que la paraula no quedava escrita.

Com si tots s'hi hagueren posat d'acord, començaren a traure una punta nova al llapis. Miraren d'escriure una altra vegada, però ¡no hi havia manera!

Agafaren el bolígraf i procuraren escriure la paraula en qüestió, però... tampoc anava. Era com si d'una llampada la tinta s'haguera quedat resseca.

La senyoreta Maria Dolors, en veure l'enrenou que organitzaven els alumnes, els digué:

—Però criatures, ¿es pot saber què us passa? No feu més que canviar del llapis al bolígraf. ¿Tan complicat us resulta escriure aquest matí?

Joan, amb una espècie de quequeig en la veu, digué:

—Senyo, és que ni el boli ni el llapis volen escriure la paraula «riure».

—A mi em passa el mateix —digué Neva.

—I a mi també —cridà tota la classe.

—¡Ai, Senyor, quines ximpleries dieu! ¿Que us voleu riure de mi?

—Que no, senyo, que és veritat —contestaren tots, novament.

Maria Dolors, en veure l'expressió de desconcert d'aquelles caretes, els digué:

—Deixeu-me qualsevol llapis i us demostraré que no dieu més que rucades.

La mestra agafà el llapis de Robert i intentà escriure la paraula, però... res de res, com si escriguera amb el dit. Amb els ulls com unes taronges, va obrir el calaix de la taula i agafà un retolador. Comprovà que funcionava i, tot seguit, intentà cal·ligrafiar aquella que ja semblava ser una paraula fugissera.

Veient, però, que el retolador tampoc deixava cap senyal d'escriptura, el deixà caure de les mans, com si li haguera fet una forta cremada.

Els alumnes, amb l'ai al cor, preguntaren a la mestra:

—¿Què passa, senyo?

—¿Per què fas aquesta cara?

Maria Dolors, que no volia alimentar amb

més inquietud el cor dels seus alumnes, els digué:

—No passa res. Vinga, continueu l'activitat i, si trobeu una altra paraula que vulga enfugir-se, passeu a una altra frase i avant.

Amb resignació, els xiquets i les xiquetes continuaren el treball. ¡Pobres criatures! No es podien imaginar que allò només era el començament d'una història increïble. Així, quan van intentar completar el buit de la frase que continuava amb la paraula que hi corresponia, comprovaren, de bell nou, que aquesta no quedava anotada.

Seguint les ordres de la mestra, els alumnes copiaren la frase següent. Intentaren completar-la una vegada i una altra però, igual que en la frase anterior, ningú va aconseguir res.

En aquell moment, Adrià, un dels alumnes més formals, va recordar que a la motxilla portava la ploma estilogràfica que la mare li havia regalat pel seu aniversari i pensà:

—Potser la ploma sí que escriu, ¡com que és més cara...!

Llavors dirigí la mà cap al respatler de la cadira on tenia penjada la motxilla, però no hi era. Es girà per buscar-la i, tot sorprés, s'adonà que la motxilla havia desaparegut. Sense poder contenir-se, Adrià cridà amb força:

—¿Qui ha estat el graciós que m'ha agafat la motxilla?

La resta de la classe, en sentir el crit, miraren cap a Adrià i, amb un desassossec inexplicable, tots es van girar per assegurar-se que la motxilla la tenien encara on l'havien deixada.

Els companys d'Adrià comprovaren, amb els ulls com llunes, que les seues motxilles també havien desaparegut. L'alarma omplí el cor de les criatures i, sense ocultar l'ansietat que patien, començaren a cridar:

—¡Senyo, senyo! ¡Jo tampoc tinc la motxilla!

—¡Ni jo!

—¡Ni jo tampoc!

La mestra no volia creure el que veia.

—Doncs... la meua és noveta.

—I la meua, ¿què? La setmana passada me la va regalar mon pare. Com que l'altra estava tota esgarrada...

—¡Ostres, tios! ¡I jo que hi portava tots els llibres!

—Ara ja no podrem fer mates ni tampoc experiències...

—¡Xe, que bé!

—¡Ni bé ni res! A mi m'han desaparegut tots els cromos dels jugadors de futbol que col·leccione.

—¿Ah, sí? I jo que hi duia les boletes de colors, ¿què?

—Això no és res. No vull ni pensar la que s'armarà a casa: ma mare m'havia donat diners per anar a comprar al super en eixir d'escola...

Maria Dolors s'empassà la saliva i, amb un fil de veu, els digué que no passaren pena per res i que continuaren el treball perquè...

—Tot açò no té trellat. Estic segura que els de la classe del costat han volgut fer-vos una broma i us han amagat les motxilles. Continueu, que en acabant ja hi passaré jo per esbrinar-ho.

Els xiquets i les xiquetes, que necessitaven creure les paraules de la mestra, tornaren a reprendre aquella activitat desgavellada i sorprenent.

Dissortadament, però, el desastre encara

no els havia arribat. La catàstrofe va ocórrer quan, en intentar escriure «cabells», Josep alçà els ulls i...

—¡Per totes les portes velles del món! —exclamà bocabadat—. ¡Però, si teniu tots el cap com una bola de billar!

En sentir això, xiquetes i xiquets alçaren els ulls i, espantats, descobriren que ningú, inclosa la mestra, no tenia cabells. També havien desaparegut.

La mestra, amb els ulls fora del cap i la veu tremolosa, digué als alumnes per tal d'asserenar-los:

—Tranquils, xiquets, que açò no és el que

sembla. Estic segura que només es tracta d'una il·lusió òptica. Aquest és un fenomen que encara no podeu entendre. Intenteu acabar l'activitat i prou.

Malgrat el seu desànim, els alumnes es disposaren a continuar allò que més aviat semblava un malson. Tots havien copiat les frases, però ningú havia pogut escriure una sola paraula en els buits. A pesar d'això, estaven disposats a provar sort amb l'última de les frases.

Però, ja sabeu la dita, a voltes els infortunis van acompanyats d'altres infortunis, i aquesta era precisament una d'aquestes vegades perquè, quan intentaren completar l'última de les frases d'aquell fatídic exercici... ¡CATAPLAM!, van desaparéixer totes les taules de classe.

Tots es van quedar quiets, com si foren de pedra. Allò no podia ser una il·lusió òptica, tal com deia la senyoreta —pensaren els alumnes— i, a més, els cabells continuaven sense aparéixer. El silenci va omplir els llavis de les criatures i la por es deixà veure als seus ulls.

Maria Dolors, sense saber ben bé què feia, es va dirigir cap a la porta de la classe, però tot d'una aquesta es va obrir de colp. Era la senyoreta Empar, també sense cabells, que força acalorada cridava:

—¡Maria Dolors, Maria Dolors! ¿Tu saps què passa ací? Els arbres del pati han desaparegut de sobte. Els meus alumnes no troben les motxilles, no tenim ni un sol cabell al cap i, per acabar-ho d'adobar, a l'escola no hi ha ni una taula.

L'alé de tots els presents es va glaçar. Les coses que havien desaparegut coincidien amb les paraules que no havien pogut escriure.

¿Quina relació existia, doncs, entre les desaparicions i l'activitat de llenguatge?

La visita

Tots sabem que una escola sense taules no és una escola com cal. Els mestres no poden consentir que els alumnes escriguen al terra. Això no faria gens seriós. I si a aquesta situació tan singular hi afegim que cap xiquet o xiqueta del poble tampoc tenia motxilla on dur les poquetes coses escolars que li quedaven, podreu comprendre que aquell dia no hi hagué altre remei que deixar anar els alumnes a casa abans d'hora.

La tragèdia, però, s'havia estés per tot el poble. Ningú tenia un sol cabell al cap, no hi havia ni un arbre al carrer i un semblant trist omplia les cares de tot el món. També les taules havien desaparegut, i a les persones que prenien un suc o un café al casino, els va caure tot per terra fent un soroll horrorós. Els vells, que jugaven una partideta, no la van poder acabar i, fins i tot, el senyor alcalde, que es disposava a signar un document molt important, es va quedar amb la ploma estilogràfica a la mà.

Les ànimes esbalaïdes dels habitants del

poble no podien trobar cap explicació a aquest succés. Ningú entenia el que passava. Però espereu, ¿he dit ningú? Potser és més encertat dir quasi ningú, ja que els xiquets i les xiquetes s'ensumaven alguna cosa. En comprovar la magnitud d'aquest esdeveniment misteriós, aquests, com si s'hi hagueren posat d'acord, començaren a telefonar-se els uns als altres.

—Eh, Carles, ¿què fas? ¿Tu penses el mateix que jo?

—Sí, supose que sí.

—Després de dinar ens veurem a ca la senyo. ¿D'acord?

—Sí, d'acord.

—¡Ah! Telefona a Esteve i digues-li que després telefone a...

—No, si ja ho he fet i també hem quedat a ca la senyo.

Quan la mestra va obrir la porta i els va veure:

—Ja ho sé, que esteu preocupats, i m'imagine el que penseu. Jo també crec que hi deu haver alguna relació entre la desaparició de totes aquestes coses i l'activitat d'aquest matí, però, ¿quina?

—¿Com podríem saber-ho, senyo?

—No ho sé, no en tinc ni idea —contestà Maria Dolors—. Tot açò és tan misteriós...

De sobte, Miquel, un xiquet d'allò més fantasiós, digué:

—¿I si tot fóra l'acció d'una bruixa enfadada?

—¡Calla, babau, que les bruixes no existeixen! —replicà Jesús.

—Doncs, jo no n'estic tan segura —parlà Lena—. El iaio Josep sap moltes històries autèntiques, on apareixen donyets, fades i de tot.

—Senyo —proposà Maria—. ¿Per què no anem a parlar amb el iaio Josep? Potser ell ens en podrà dir alguna cosa...

Maria Dolors, que en el fons de l'ànima encara creia en la possibilitat que els éssers meravellosos no existiren només en els contes, es quedà pensant una estona i, convençuda que era la responsable dels esdeveniments recents i que, per tant, havia de trobar-hi alguna solució, els digué:

—La veritat, xiquets, és que no podem estar-nos amb els braços plegats i, a més, ¿què hi podem perdre, si xarrem una estona amb un vellet? Anem-hi, doncs.

Amb un grapat de ¡Visca! ¡Bé per la mestra! i algunes altres exclamacions, tothom emprengué la marxa cap a casa del iaio Josep.

El iaio Josep era un ancià d'allò més dolç. Era el més vell del poble, però ningú sabia els anys que tenia en realitat. Sense família, aquest home no trobava a faltar res, ja que tothom estava pendent de la seua persona. Al migdia, a la vesprada o a la nit, sempre hi havia algú que apareixia a casa seua i li preguntava:

—Iaio Josep, ¿que no tastaria aquest arrosset al forn?

—Ací li deixe unes peres acabades de collir.

—Aquest plat de bullit és per a quan tinga gana.

—Mire quin dolç li duc tan bo...

I l'ancià sempre els contestava amb el mateix somriure. Un somriure estimat per xicotets i per grans.

També hi havia hagut persones que, havent deixat el poble per anar-se'n a la ciutat, havien mirat de convéncer-lo perquè se n'anara a viure amb ells, però el iaio Josep sempre els deia el mateix: que la terra que l'havia vist nàixer havia de fer-li companyia quan l'alé li desapareguera per sempre, i que si deixava el poble, ja mai més tornaria a veure com queien les fulles dels arbres a la tardor ni sentiria el perfum de l'espígol a l'estiu, i també que la ciutat era casa per als joves, que els vells es pansien de seguida entre aquelles cases tan altes i els fums dels cotxes tan baixos.

L'ancià, amb els ulls closos, es trobava a la porta de casa, assegut en una engronsadora potser tan vella com ell. En sentir les veus dels xiquets va obrir els ulls i, amb una rialleta dolça, va rebre la visita.

—Ui, ui, ui, ¿es pot saber on va tanta jovenalla?

Els xiquets i les xiquetes miraren la mestra tot dient-li:

—Senyo, el iaio Josep sí que pot riure...

—¡És veritat! —exclamà—. És l'única persona del poble que he vist riure.

L'ancià, fent uns moviments de cap afirmatius, els digué:

—¡Exactament! I potser també sóc l'únic que té una taula dins de casa.

—¡Iaio Josep! —digueren tots a una veu.

—Sí, fills meus, sí. Ja estic assabentat de tot. El que desconec encara és l'origen d'aquest desficaci... ¿No és d'això del que voleu parlar-me?

Maria Dolors, en sentir-lo, va intuir que aquell vellet d'aparença tranquil·la sabia més del que semblava. S'avançà una miqueta i, al seu costat, li contà fil per randa tot el que havia passat a classe aquell matí.

El vellet tornà a tancar els ulls, es quedà meditant una estona i féu:

—Pel que m'heu explicat, trobe que sé qui és l'autor d'aquesta bogeria.

—¿SÍÍÍ? —preguntaren tots quasi sense creure-s'ho.

—Sí —contestà contundentment l'ancià—. Es tracta del fadot Esborratí.

—Esborra... ¿què? —preguntaren tots alhora.

—Vinga, iaio Josep, que els fadots no existeixen —digué l'Enric.

El vellet, amb el somriure a flor de boca, s'alçà de l'engronsadora i se n'entrà dins de casa. Al cap d'una estona isqué amb un llibre a les mans. Era un llibre gran, gruixut i d'un color bastant difícil de definir, ja que canviava de tonalitat constantment.

—¿Veieu aquest llibre? —preguntà l'ancià—. Les seues pàgines són plenes d'històries que mai s'estudiaran a l'escola, però que són tan autèntiques com les que s'hi estudien. ¿Veritat, senyoreta Maria Dolors?

Maria Dolors va sentir un «no sé què» allà dins del cor i de seguida arribà al convenciment que l'ancià que tenia al davant era una persona força especial i que tant els seus coneixements sobre la vida com l'experiència acumulada al llarg dels anys el feien mereixedor de tota la seua confiança. El mirà als ulls bo i responent-li que sí, que sens dubte ell en sabia més, de les coses de la vida, i que ella només era una mestra jove amb ganes d'aprendre.

El iaio Josep obrí el llibre i mostrà una pàgina a tots. Aleshores:

—¡Mireu, mireu! —exclamà Antoni—. ¡Ara el llibre és verd!

—¡He, he, he! —rigué l'ancià—. Aquest llibre va canviant de tonalitat fins que algú l'obri. A partir d'aquest moment, el color s'estabilitza.

—¿I —preguntà Maria— sempre es queda del mateix color?

—¡No, de cap manera! —exclamà el vellet—. El color depén del personatge o de la història que conte la pàgina oberta i, com que ací es parla del fadot Esborratí, el llibre pren el color d'aquest fadot, que és el verd.

L'ancià va fer una pausa per continuar de seguida la parlada.

—A continuació, amiguets i amiguetes, si voleu saber qui és i com és aquest personatge que ha pertorbat la tranquil·litat de la vida d'aquest poble, haureu d'estar ben atents. Només si arribeu a conéixer-lo bé, podreu recuperar allò que heu perdut.

El fadot Esborratí

El iaio Josep tornà a l'engronsadora. Els xiquets i les xiquetes, juntament amb Maria Dolors, van seure davant seu, a terra, i tot seguit la veu de l'ancià, una veu càlida i pausada, començà a llegir.

«Esborratí, personatge indisciplinat i una miqueta tocat de l'ala, pertany al grup dels fadots que van a la seua. Aquest personatge, però, mai es relaciona amb els altres fadots i fades d'arreu del món.

Va nàixer a l'ombra d'una palmera, sobre la gespa d'un gran prat. Per això li agrada força el color verd.

Els fadots i les fades de la rodalia, en assabentar-se del seu naixement, hi van anar aviat per donar-li la benvinguda. Però Esborratí, en veure'ls, agafà la seua vareta màgica i, alhora que s'hi rascava l'esquena i es menjava uns quants dàtils de la palmera, els digué que el deixaren tranquil en la gespa.

Tothom es quedà tan molest que, des d'ales-

hores, ningú l'ha tornat a visitar mai ni li ha enviat cap felicitació per Nadal.

És d'estatura mitjana i té el cap gros i dur com una pedra; les cames, primes com el fil d'aram; els ulls, grans, grandíssims, tant que semblen veure-ho tot, i són tan verds que quasi es poden confondre amb dos trossets de mar; el nas, recte i llarg, acaba en punta, igual que la tenda d'un indi, i la boca es podria confondre amb la gran lluna creixent; els cabells, negres com un pou sense fons, sembla que volen agafar el cel.

Les seues aficions són cantar la tarara sí la tarara no, fer corregudes a les quatre de la matinada i no acudir mai a les reunions que convoquen els fadots i les fades amb l'excusa que li fa mal la panxa.

Potser la seua característica principal és bromejar fent desapareixer, de tant en tant, alguna cosa dels humans i, si aquests no són capaços de trobar-la abans que es gite a dormir, l'objecte en qüestió desapareix per sempre com si fóra un somni.

El fadot Esborratí, tot i estar com una milotxa, no té mal cor. Per això, quan aquest personatge en fa alguna de les seues, deixa pistes perquè els humans troben allò que busquen. (Possiblement, el fadot intenta jugar una mica).

En l'actualitat es troba en algun amagatall que només ell coneix, però és molt probable

que siga un lloc tranquil i, sobretot, verdet. ¡Li agrada tant aquest color...!»

El iaio Josep alçà els ulls del llibre i, amb un somriure de complicitat, el tancà lentament.

—Bé, ara ja sabeu amb qui heu d'enfrontar-vos.

Les criatures es miraren la mestra amb uns ullets d'aquells que diuen «I ara, ¿què farem, senyo?

Maria Dolors començà a tossir una mica nerviosa i va dir:

—¡Ehem, ehem! Doncs..., ha estat força bona la informació, ¿veritat? Sí, ehem. Realment ha estat molt interessant. Hum, bé... Doncs ara, ¿què us sembla si ens n'anem cap a casa?

—¿A casa? —digueren tots alhora.

—Sí, naturalment. El iaio Josep vol descansar, ¿no? I...

—Però, senyo —va interrompre Neva—, ¿com vols que tornem a casa amb tot el que hem de fer encara?

—És clar —digué Marina—. Hauríem de posar-nos a buscar les paraules de seguida.

—Això, això —continuaren Laia i Jordi—, i hem de trobar-les abans que es faça de nit.

—Sí —digué un altre company—, abans que el fadot es gite a dormir.

—Si no les trobem, senyo, les coses que representen desapareixeran per sempre...

—I ja mai més podrem riure.

—Ni tampoc recuperarem les motxilles.

—Ni tindrem arbres.

—Ni taules.

Maria Dolors, més nerviosa que mai, no sabia cap on mirar ni què fer. Allò li semblava un malson. Si hi pensava amb deteniment, arribava a la conclusió que tot era impossible: paraules que desapareixien, un ancià que semblava saber més del que deia, un llibre misteriós i un fadot extravagant. ¡Allò era massa per a una mestra! ¿Què en dirien els seus companys si descobrien que emprenia una excursió per buscar unes paraules desaparegudes? Potser dirien que s'havia tornat boja. És clar, ¡què anaven a dir, si no....! Però la veritat és que no podia estar-se amb els braços plegats... ¡Ai, Senyor, quin destarifo! Però..., ¿i si tot resultava ser veritat? ¿I si existien de veres els personatges fantàstics?

Les veus dels alumnes li van trencar els pensaments.

—¡Eh, senyo! ¿Per què no contestes?

—¿Per què no vols que anem a buscar les paraules?

—¡Vinga, senyo!, que el temps passa i si no comencem aviat...

—Sí —digué a la fi Maria Dolors amb un somriure nerviós però il·lusionat—. Potser tot açò no té sentit o potser sí, però... alguna cosa hi haurem de fer, ¿no?

I, mirant de bell nou els ulls blaus de l'ancià, li preguntà:

—Iaio Josep, ¿per on podríem començar?

L'ancià, amb el seu tarannà tendre i dolç, li contestà:

—Ja ho sabia jo, que el bon seny triomfaria sobre els teus dubtes i prejudicis, ho sabia. Mireu, ja que esteu decidits, he de confessar-vos algunes coses que no sap ningú: fa molts anys també va passar una cosa semblant i vaig haver de ser jo qui assumira la responsabilitat que ara teniu vosaltres. Això em va permetre tenir experiències inoblidables i alguns coneixements realment molt importants...

Les criatures l'escoltaven ben atentes.

—Sí —continuà dient l'ancià—, vaig conéixer el fadot Esborratí i, a més a més, ens vam fer amics de veritat. Fou ell qui em va regalar aquest llibre tan especial, entre altres coses...

Les darreres paraules les va dir amb un to de veu tan misteriós que ningú es va atrevir a preguntar-li quines eren les altres coses que el fadot li havia regalat.

—Bé —continuà parlant l'ancià—, m'heu demanat ajuda i jo hi faré tot el que puga. Així doncs...

L'ancià entrà a casa i tornà a eixir de seguida amb un xiulet.

—¿Veieu aquest xiulet? —digué—. Sempre que us trobeu perduts sense saber cap on anar, feu-lo sonar i, tot seguit, apareixerà una amiga meua molt especial. Li podreu demanar tot allò que necessiteu.

Amb el xiulet ben amagadet a la butxaca de la jaqueta de Maria Dolors, la mestra i els alumnes es dirigiren cap a l'eixida del poble.

En deixar darrere seu l'últim carrer de la població, els xiquets i les xiquetes es col·locaren al voltant de la mestra. Havia sorgit el primer problema: es trobaven davant de tres camins.

El camí de la dreta tothom sabia que duia a la masia d'en Krukov, un rus establert en aquelles terres des de feia un grapat d'anys.

El camí del centre acabava en la masia de

les senyoretes Mifiz i Fizmí, ex-ballarines de dansa clàssica d'una cèlebre companyia de ballet, les quals, cansades d'anar de puntetes per centenars d'escenaris, havien decidit passar la resta de la seua vida caminant a peu pla allà on el sol les acaronara cada matí, el bon oratge les saludara cada dia i la tranquil·litat les acompanyara tothora.

Per últim, el camí de l'esquerra conduïa a una masia abandonada, però que es conservava prou bé.

Malgrat no conéixer les masies, tothom havia sentit dir com eren de semblants totes tres. Cadascuna tenia al davant un prat gran, tres palmeres i, ben a prop, el bosc de carrasques.

—Senyo —digué Jordi—, ¿cap on anem?

—A veure —parlà Maria Dolors—, haurem d'anar cap a la masia que tinga un prat ben verdet.

—Sí, sí —digué Anna—, però és que els tres camins duen a masies amb un prat molt verd cadascuna...

—¡Ahhh! —contestà la mestra que encara no coneixia els voltants del poble—. Aleshores, ¿sabeu si alguna de les masies té palmeres? Com que el fadot va nàixer sota...

—És clar que sí —va interrompre Júlia—. Les tres masies en tenen, de palmeres, i a més a més són les úniques palmeres que hi ha prop del poble.

—¡Ahhh! —tornà a exclamar Maria Dolors—. Potser alguna de les masies és al costat d'un bosc i...

—Sí, sí —tornà a tallar Júlia—. És que les tres masies es troben al costat de l'únic bosc de carrasques que tenim.

La mestra, cavil·losa i preocupada, començà a dir, com si pensara en veu alta:

—El bon seny ens diria que hauríem d'inspeccionar, l'una darrere de l'altra, les tres masies fins que trobàrem alguna cosa, però per fer això necessitem massa temps. Potser la solució és que ens dividim en tres grups per guanyar...

—¡Oh, no! —van interrompre les criatures protestant—. ¡No, senyo, no ens separem, per fa!

I com que Maria Dolors no podia suportar veure les caretes de llàstima dels seus alumnes va decidir:

—D'acord, d'acord. Anirem tots junts, però ja sabeu què significa això, tardarem més i...

—Qui sap, senyo —digué Adrià—. ¿I si tocàrem el xiulet? Potser ens donarà alguna pista.

—¡És veritat! —digueren la resta de xiquets—. Trau-lo i xiula, senyo.

Maria Dolors, que s'havia oblidat completament del xiulet, el va traure de la butxaca, se'l va posar a la boca i...

—¡¡¡PIIIIII!!!

El so era agut, molt agut. Tant que tots van haver de posar-se les mans a les orelles. Un silenci estrany va omplir l'espai. Era com si tot s'haguera detingut un poc i, de sobte, va aparéixer...

—¡UNA TORTUGA! —exclamaren tots alhora.

Filiberta, la tortuga

Efectivament, una tortuga amb ulleres de sol i una boina al cap se'ls apropava amb tota la calma que caracteritza aquests animalets. Els xiquets i les xiquetes, amb els ulls com llunes, se la miraven atònits. Malgrat la tranquil·litat amb què semblava moure's, no es podia dir que caminara amb lentitud, ja que, sense saber com ni per què, en un tres i no res aquest singular animal es posà davant de la colla de bocabadats que l'esperaven.

—Eh, ¿què us passa? —digué—. ¿És que no heu vist mai una tortuga?

—No, sí, és clar que sí... —titubejava Maria Dolors—. Naturalment que hem vist tortugues, però mai amb ulleres i boina...

—¡Ha, ha! —rigué l'animalet—. ¿És que les tortugues no tenim dret a protegir-nos del forat d'ozó o què? Bé, xiquets, deixem-nos de romanços i anem a això que ens interessa. Em dic Filiberta, Fili per als amics, i pel xiulet endevine que teniu problemes i que voleu que us ajude, ¿veritat?

—¡Sí, sí! —digué Maria Dolors—. Però no crec que una tortuga ens puga ajudar.

Filiberta, amb cara d'avorriment, es posà un caramel a la boca i digué:

—Mireu, jo sóc una tortuga força ocupada. Pel món hi ha més xiulets com el que teniu vosaltres que em reclamen de tant en tant. Així doncs, afanyeu-vos a dir-me el que necessiteu o me'n torne cap a casa de seguida.

Maria Dolors no donava crèdit a allò que veia. Per si no n'hi havia prou amb la desaparició de les paraules, ara es trobava davant una tortuga excèntrica amb boina, ulleres i, damunt, que parlava. ¡Una tortuga que parlava! Mirà l'animalet i, pensant que ja no podia fer-se enrere, decidí deixar de costat els dubtes i les vacil·lacions i anar a per totes. Estossegà una miqueta i començà a parlar-li:

—¡Ehem, ehem! Mira, Fili. Necessitem trobar unes paraules que han desaparegut a l'escola. Sabem que el responsable d'aquesta broma és el fadot Esborratí i també sabem que hem de recuperar-les abans que es faça fosc i que el fadot se'n vaja a dormir.

—I havíem pensat —digué Francesc— que potser podríem trobar alguna pista en una de les masies...

—És que —continuà dient Carme— a Esborratí li agrada tant el color verd, i com que les masies tenen un prat i tot això, doncs...

—Però —continuà Maria Dolors—, com que els xiquets diuen que les tres masies són molt

semblants, no sabem per quina començar, ¿saps?

Filiberta es llevà la boina i, rascant-se el cap amb una de les potetes, començà a dir:

—Humm... ja, ja. Vejam... Com que la primavera és a prop... Humm.

La tortuga començà a olorar l'aire, després les pedres del voltant i, en acabat, la terra que hi havia al començament de cada camí.

—Humm —tornà a dir—. Hauré de reflexionar un poc.

I, sense dir ni mut, Filiberta es tancà en la seua closca. Maria Dolors i els alumnes es miraren els uns als altres. Ningú entenia el comportament de la tortuga, però tampoc es van atrevir a obrir boca.

Després d'uns quants minuts d'espera, la tortuga tornà a traure el cap de la closca.

—¡Ja ho tinc clar! El meu olfacte no m'ha fallat mai. El camí que us interessa és el camí del mig.

—¿Vols dir? ¡Mira que en aquella masia viuen dues senyoretes! —exclamaren els xiquets.

Filiberta els explicà que les senyoretes Mifiz i Fizmí no hi eren perquè havien eixit de viatge, justament la vigília, a passar alguns dies a la ciutat per allò d'eixir a comprar, i també per veure la companyia de ballet en què sempre havien ballat i que era a la ciutat fent unes quantes representacions.

—En arribar a la masia —continuà dient—,

haureu de buscar la planta que tinga el color més intens de tots. Així que la trobeu, haureu de ferhi tres voltes seguides, l'un darrere de l'altre, en fila índia. A continuació... Bé, després ja ho veureu.

I davant la sorpresa de tots els presents, la tortuga Filiberta es posà novament la boina i, xino-xano, se'n tornà per on havia arribat.

El missatge misteriós

Maria Dolors no tardà gens a reaccionar. Digué als alumnes que es prepararen i tot seguit emprengueren la caminada vers la masia on duia el camí del mig.

En arribar-hi, van contemplar davant de la casa un jardí acuradíssim. Hi havia centenars de plantes d'espècies diferents, distribuïdes amb gust i gràcia, que aconseguien una combinació de colors molt espectacular. Les margarides blanques i grogues convivien amb un grup de lliris blaus. Desenes de pensaments rojos i rosats s'entrellaçaven amb els gesmilers i els lligaboscos ondulats. També els rosers estaven magnífics, atapeïts de capollets a punt d'esclatar en qualsevol moment.

De palmeres, però, no n'hi havia cap. Uns forats a terra denunciaven la desaparició d'aquestes i d'uns altres arbres.

I fou mentre contemplaven tot això que descobriren un gran ficus d'un verd intensíssim, al bell mig del jardí. Tenia unes fulles enormes, que brillaven com les estrelles.

—¡Uau! —exclamà Llúcia—. ¡Com són de boniques les fulles del ficus!

—¡Tal vegada són màgiques! —exclamà Pili.

—Anem-hi —proposà Maria Dolors—. Potser és aquesta la planta que busquem. No en veig cap altra amb el color verd més intens.

En apropar-s'hi, començaren a inspeccionar per davant i per darrere cadascuna de les fulles del ficus. Quan a penes els faltaven tres fulles per guaitar...

—¡Senyo, senyo! He trobat una cosa entre la fulla i el tronc —cridà un dels xiquets, fent bots com un saltimbanqui.

—Doncs, agafa-la, ¿què esperes? —digué la mestra una miqueta nerviosa.

El xiquet agafà un paper enrotlladet de color fosforescent i el donà a Maria Dolors.

Quan la mestra intentà desenrotllar-lo, el paper començà a créixer. Maria Dolors, tota espantada, el deixà caure a terra. El paper, com si tinguera vida, anà desenrotllant-se i creixent sense parar. A la fi, quedà estés davant de tots un gran full, com un d'aquests cartells publicitaris d'una pel·lícula, en el qual hi havia escrit el missatge següent:

ACUNDI

ARCANDA

TUBIMBI

TUBRAMDA

¡SITUE!

Les lletres, d'un color verd intens, centellejaven com si foren llumenetes.

—¡ÉS UN MISSATGE! —exclamaren tots al mateix temps.

La mestra llegia i rellegia aquelles paraules misterioses, però com que no aconseguia traure'n l'entrellat digué:

—Haurem de continuar buscant. No sé què, però haurem de continuar buscant alguna cosa que ens ajude a entendre aquest missatge.

—Potser trobarem un llibre de desxifrar missatges i tot... —digué Rosa.

—¡Calla, un llibre de desxifrar missatges! —va replicar Borja.

—I per què no, ¿eh? Diumenge vaig veure una pel·lícula d'espies en què eixia un llibre de desxifrar els missatges secrets —tornà a dir Rosa.

—Sí, ¿i per què no? Pel que veig, avui ens pot passar qualsevol cosa. Explorem ben bé tot el jardí a veure què trobem.

De nou tots es van posar a mirar ací i allà, a sota i a sobre de les plantes, dins dels capolls que hi havia i també fora de les fulles que les vestien.

Després d'una bona estona i amb l'ànima als peus, anaren reunint-se al voltant d'aquell paperot, missatger de paraules inintel·ligibles. Maria Dolors l'agafà sense temor i en alçar-lo:

—¡Senyo! —cridaren tots— ¡Darrere del missatge hi ha coses escrites!

De colp i volta, la mestra va intuir que allò que cercaven podria estar més a prop del que ningú es podia imaginar. Ella, espantada, havia deixat caure aquell full vivent sense aturar-se a examinar-lo i ara s'adonava que precisament allà podia trobar-se la clau que necessitaven.

Girà el paperot i, una mica nerviosa, començà a llegir:

TRANSCRIPCIÓ SENZILLA
D'UN MISSATGE COMPLEX

ACUNDI .... *presoner estic*

ARCANDA .... *presoner em trobe*

TUBIMBI .... *embolicat en por*

TUBRAMDA ... *embolicat en paraules*

¡SITUE! .... *¡salveu-me, per favor!*

—¡Òndia! —digué un xiquet—. ¡Açò és un joc!

—No —digué un altre—, és una endevinalla.

—Joc o endevinalla, ¡tant se val! El que hem de fer és descobrir-ne el significat —proposà la mestra.

Mestra i alumnes mantenien l'esguard ansiós en aquell paper, però, incapaços de mantenir la boca tancada, els xiquets i les xiquetes començaren de seguida a fer hipòtesis i interpretacions sobre el seu contingut.

—¿Què deu voler dir «presoner estic»?

—¡Que n'ets, de bleda! ¿Que no ho veus? Es refereix a una de les paraules que busquem.

—¡Ah, sí! I diu que està embolicada entre més paraules...

—¡És clar! De segur que vol dir que és en un diccionari.

—Sí, sí. ¡Vol dir que hem de buscar la paraula en un diccionari!

Maria Dolors, que encara no havia badat boca, els digué amb una mica de brillantor esperançadora als ulls:

—Ara ho comprovarem. Jo en porte un, de diccionari.

Enmig de mirades nervioses, la mestra buscà a la seua bossa un diccionari xicotet que sempre duia damunt. L'agafà i, un poc impacient, començà a passar fulls. De sobte, però, digué:

—¡Que en som, de babaus! ¿Es pot saber quina paraula busquem?

Les criatures es miraren els uns als altres. ¡És veritat! ¿A quina paraula es referia el missatge?

—Bé —prosseguí la mestra—, començarem per qualsevol de les que han desaparegut i veurem què passa.

Maria Dolors començà per la paraula «riure» però, després de passar i tornar a passar avant i arrere els fulls, comprovà que la paraula ¡NO HI ERA! A continuació obrí la pàgina on havia de ser «cabells», però aquesta paraula tampoc es deixava veure. ¿Què passava? Continuà buscant la resta de paraules desaparegudes i, amb gran sorpresa, comprovà que aquestes, a més de desaparéixer de l'escola, també havien fugit del diccionari.

Preocupats, s'assegueren a terra i, amb el semblant trist, es quedaren mirant les lletres lluents que tenien al davant.

Aleshores, Felip, un xiquet força observador, preguntà:

—¿Us heu adonat que totes les lletres no brillen amb la mateixa intensitat?

—¿Què vols dir? —digué la mestra.

—Fixeu-vos-hi bé i comprovareu que en cada línia hi ha una lletra més fosca que les altres. ¿Que no ho veieu? És com si estiguera una miqueta trista...

Aquelles paraules van ser un nou pressentiment per a Maria Dolors. Clavà els ulls en el missatge i, amb un nus a la gola, comprovà el que podria ser un bon presagi. Tal com havia observat Felip, en cada línia hi havia una lletra que quasi no brillava. Ràpidament va traure de la bossa un retolador i començà a assenyalar cadascuna de les lletres que menys brillaven del missatge.

ACUNDI

ARCANDA

TUBIMBI

TUBRAMDA

¡SITUE!

—¿Què? —preguntà la mestra tota emocionada—. ¿Voleu llegir el que posa?

I tots, amb una certa tremolor a la veu, digueren:

—¡ARBRE!

I just en aquell moment aparegueren les tres palmeres del jardí i la resta d'arbres que havien desaparegut.

Les branques, potser en senyal d'alegria, es movien com si foren les aspes d'un molí.

Els nous senyals

Malgrat l'alegria que els omplia el cor, ningú podia riure per demostrar el sentiment que portava dins.

Amb tot, la satisfacció que sentien era gran. Almenys havien recuperat una de les paraules i, amb ella, allò que representava. D'ara en avant, els ocells tornarien a descansar en les branques dels arbres i les flors d'una primavera quasi imminent tornarien a vestir, com cada any, els ametlers, les pomeres, les pruneres... Per això, els xiquets i les xiquetes, animadíssims, digueren:

—Senyo, ¿veritat que som uns genis?

Maria Dolors, amb un esguard força somniador, els contestà:

—Sí, sou fabulosos.

Les paraules de la mestra van aconseguir que les criatures se sentiren, per uns moments, els herois i les heroïnes d'una gran història; que allò que estaven vivint fóra importantíssim i que, algun dia, la gent del poble, i fins i tot l'alcalde, els faria una gran festa amb dolços de tota mena i, amb una mica de sort, els dedicarien també un gran monument al mig de la plaça Major. I aleshores...

—¡Ei, ei, desperteu-vos que encara tenim moltes coses a fer! —digué Maria Dolors.

Amb més ànim que no abans, s'organitzaren en equips de tres i es distribuïren l'espai de davant de la casa. Si calia, regirarien aquell indret una altra vegada i mil vegades més fins a aconseguir recuperar allò que el fadot entremaliat havia amagat en algun lloc.

Com si foren detectius, inspeccionaren pam a pam el jardí de la masia. ¡Havien de trobar pistes! Pujaren a les palmeres i buscaren amb els cinc sentits, però només van trobar dàtils. També escorcollaren les branques dels altres arbres, però no van trobar sinó les fulles i algunes floriues diminutes que més tard es farien grans.

Quan consideraren que ho havien revisat tot, es van tornar a reunir. Les caretes de les criatures, malgrat l'esforç per evitar-ho, reflectien l'abatiment i la tristor.

—No hem trobat res, senyo.

—Tots hem fet el que hem pogut, per tant...

¡¡¡PIII!!!

La mestra havia tret el xiulet i, en tocar-lo, es presentà la tortuga Filiberta.

—¡Caram! —els digué—. Com sou de pesadets, ¿eh? ¿Es pot saber què us passa ara?

Tothom es posà a parlar-li alhora. Aquell que si eren no sé quants grups; aquest que si havien vist vint-i-tres rosers; l'altre que si havia pujat a l'ametler...

—¡Prou, prou! —exclamà la tortuga—. ¡Quina manera de cridar! I vosté, senyoreta, bé els podria ensenyar a parlar l'un darrere l'altre, ¿no?

Maria Dolors, que no creia que Filiberta tinguera mal geni, li digué mirant-la amb dolçor:

—Vinga, vinga, no faces la dura, que de segur que t'agrada sentir-los.

—Sí, sí —digué Filiberta com si no haguera sentit res—. El que puc comprovar és que em trobe davant d'una colla de babaus que no hi veuen més enllà del nas.

La tortuga olorà l'aire. Tot seguit olorà l'herba. S'amagà dins la closca i en acabat va traure unes ulleres de color llima. Se les va posar, va mirar arran de terra i començà a dir:

—¡Ui, ui, ui! És el que m'imaginava. ¡Ai, Senyor! ¡Ulleres és el que necessiteu, ulleres!

—Però, —protestà Maria Dolors— ¡si hem buscat pertot arreu!

—¿Pertot arreu? ¿També heu buscat sota les pedres? —preguntà Filiberta.

I, abans que ningú poguera dir res, la tortuga es posà a caminar i, en un tres i no res, desaparegué.

Com un llamp, la mestra i els alumnes començaren a mirar a sota de totes les pedres que tenien al davant, tant de les grosses com de les mitjanes, i també de les xicotetes. De sobte, Maria Dolors exclamà:

—¡Mireu! ¡Veniu tots de seguida! Em pense que he trobat alguna cosa interessant.

Els xiquets i les xiquetes acudiren a correcuita allà on es trobava la mestra.

—¡Uau! ¡Quina pedra tan estranya! —exclamaren les criatures.

Efectivament, just al costat d'un roser sense roses i dissimulada entre un grapat de fulles seques, hi havia una pedra en forma de fletxa que, amb una mena de moviment nerviós, anava canviant lleugerament de color.

Maria Dolors intentà agafar-la.

—¡Caram, com pesa la pedreta! Açò sembla de...

I, en alçar-la, ¡BROUMMM!

Centenars de fletxes blaves, verdes, roges i grogues, que lluïen com les bombetes elèctriques dels arbres de Nadal, començaren a eixir de sota la pedra amb la rapidesa d'un llamp i, com si tingueren vida, anaren col·locant-se l'una darrere de l'altra formant una espècie de camí d'allò més capriciós.

Maria Dolors, que ja no es deixava sorprendre, digué força animada:

—¡Això és el que necessitàvem, xiquets! Hem de seguir les fletxes.

I, talment com un pomell de raïm, es posaren a seguir la direcció d'aquests senyals resplendents.

La caminada fou una mica estranya. Començaren voltant pel jardí. A continuació hagueren de fer dues voltes al pou que hi havia al costat de la casa i, finalment, encerclaren tres vegades seguides les tres palmeres. Les fletxes acabaven tot just als peus de la palmera central.

Quan tothom es va aturar:

—¡Senyo, senyo! ¡Mira el tronc de la palmera!

En efecte, el tronc de la palmera començava a sofrir una metamorfosi molt poc habitual. De primer esdevingué negre, després tot blanc i en acabat groc, verd i ¡ROIG! Un roig viu. Més que un tronc, allò semblava un tub de flama encesa.

Les palmes, plenes de vida, s'obriren completament i, en aquell moment, una gran explosió, com la carcassa que anuncia les festes del poble, va sonar pertot arreu. Del tronc lluminós començaren a eixir una mena de raigs que, en pujar uns metres, es descomponien en centenars de lletres, les quals, després de brillar una estona en l'aire, desapareixien completament.

—¡Són focs d'artifici de lletres! —digueren tots a una veu.

—¿Quin significat pot tenir aquesta festa? Potser és perquè puguem formar les paraules que ens falten —digué la mestra.

—¡És veritat! —tornaren a dir tots alhora.

I, com si d’uns famolencs davant d'un entrepà de pernil es tractara, xiquets i xiquetes es llançaren a la caça de les lletres.

A la caça de paraules

—¡Senyo, senyo! Jo tinc la *r*.

—I jo la *i*.

—Doncs jo acabe d'agafar la *u*.

—Mireu, ja tinc una altra *r*.

—Ves per on, ací tinc la que ens falta: la *e*.

Ràpidament, ordenaren les lletres amb l'esperança de recuperar allò que tant s'estimen les persones. Amb l'ai al cor, deixaren passar un minut com si fóra un any, i després un altre i un altre més, però el gest no es deixava veure.

Amb tota la tristor del món, es van asseure a terra tot dient:

—Açò no serveix per a res.

—¡Un moment! —exclamà Josep— ¡Tinc una idea! ¿Per què no posem les lletres al revés?

—¡O verticals! ¡També les podríem posar verticals! —proposà Carme.

—¡Bona idea! —digué la mestra—. Les posarem de totes les maneres possibles per veure què passa. Si al fadot li agraden els jocs... jugarem tots.

Així ho van fer i, quan posaren les lletres

com si fóra la boca d'un pallasso, tothom esclatà a riure de bona gana.

Maria Dolors ordenà que deixaren la paraula i proposà, amb una certa inquietud, que es posaren d'acord prompte per tal d'agafar-ne una altra de seguida.

—Anem a formar «cabells», senyo, que jo estic fart de veure els caps pelats com boles de billar.

En un tres i no res agafaren les lletres que necessitaven i les organitzaren també de mil maneres: en forma de cercle, en forma de caragol, en línia recta, corba o trencada, ara mirant al nord, ara mirant al sud, en forma d'ocell o de peix... A la fi, quan les ordenaren en forma de cabell nerviós... ¡PLAS! Els cabells al lloc.

Tots es miraven amb satisfacció. Carles tornava a lluir els seus cabells rulls; Maria, llisos i negres; Arnau, replegats en una cua, com sempre, per intentar aparentar algun anyet més dels que en realitat tenia. La veritat era que feia goig veure'ls tan contents.

—Au, xiquets, que no podem encantar-nos. ¿Quina paraula voleu recuperar ara?

—¡Motxilla, motxilla! —cridaren tots a una veu.

—Doncs, ¡a per ella!

Entre rialles i crits, caçaren ràpidament les lletres que calia i, quan les ordenaren al revés, ¡SORPRESA! De sobte, i sota la palmera que llançava les lletres, aparegueren les motxilles.

Les criatures no s'ho acabaven de creure. No sols havien recuperat les motxilles, sinó que, a més a més, les tenien al davant. Esborratí, doncs, estava responent al joc amb generositat.

Com un gos davant un os, tots es van llançar cap al munt de motxilles per tal d'agafar cadascú la seua.

Amb l'anhel eixint-los pels porus, començaren a obrir-les, ¡volien comprovar que encara conservaven els seus tresors! ¡I allà eren tots! Els cromos dels futbolistes, la foto de l'amic que tant s'estimava alguna xiqueta, el dibuix retallat d'una revista, els soldadets de plom, les figuretes de plàstic, la ploma estilogràfica, les boletes de color... Tot estava com abans, no hi faltava res, fins i tot encara es podia veure la taca d'oli que adornava la portada del llibre de socials de Francesc.

Maria Dolors, mig tement-se alguna cosa, mirà de calmar-los, però el goig de les criatures era tan gran que cap d'ells escoltava els advertiments de la mestra.

De sobte, però, un altre tro com el d'abans tornà a esclatar i, en aquell moment, el tronc de la palmera va recuperar el color de sempre, els raigs deixaren d'eixir i les palmes tornaren a ajuntar-se.

El riure que adornava el semblant de les criatures anà apagant-se per deixar pas a unes caretes tristes i decebudes. Es trobaven com si els hagueren furtat una cosa que els pertanyia per llei natural, i més d'una llàgrima s'escolà galtes avall.

Maria Dolors, quieta com una estàtua, mirava la palmera. Els seus temors s'havien confirmat. Des del primer moment va pressentir que havia de passar alguna cosa i heus-la ací: havien deixat passar l'oportunitat de recuperar totes les paraules. ¡Si no s'hagueren distret tant! La veu dels seus alumnes la va fer tornar a la realitat:

—¡Eh, senyo! Que encara ens falta trobar la paraula «taula».

—I si no la trobem, ningú podrà menjar com abans.

—I haurem de menjar en terra.

—I els iaios no podran jugar a cartes.

—I...

—¡Voleu callar! —digué la mestra— ¿Qui ha dit que no la trobarem?

—És que...

—Però, ¿què vol dir això? No vull veure-us desanimats. Fa un parell d'hores ens trobàvem perduts i sense saber què fer i ara ja només ens queda una paraula per recuperar. ¿Es pot saber de què us queixeu?

Les paraules de la mestra aconseguiren tornar a animar les ànimes de les criatures i, a poc a poc, recuperaren l'alegria d'abans.

—Són les cinc i mitja —digué Maria Dolors—. Encara ens queden un parell d'hores perquè es faça de nit.

—I ara, ¿què farem?

—Mireu —tornà a dir—. Totes les pistes han eixit d'aquest jardí; per tant, estic segura que si tornem a mirar pertot arreu trobarem alguna cosa que ens conduirà a descobrir el que busquem. ¿D'acord?

—¡D'acord! —contestaren tots molt encoratjats.

I totes aquelles criatures es disposaren, novament, a escorcollar cada granet de terra amb l'esperança de trobar... ¿quina cosa?

Una de les xiquetes, Neva, decidí deixar els jardins del davant i provar sort darrere de l'edifici de la casa. Allà es quedà contemplant un preciós ametler en flor. L'arbre era gran i les branques, vestides de blanc, descendien fins a terra. La imatge que oferia s'assemblava més a una cova florida que no a un arbre.

Atreta per la seua bellesa, Neva anà acostant-s'hi. Volia veure lentament aquell ametler que, avançant-se al temps i als companys d'espècie, havia aconseguit vestir-se com si haguera d'anar a una festa.

Prop de l'arbre, olorà amb profunditat el perfum que, de manera exagerada, destil·laven aquelles flors.

—Huumm, ¡com és d'agradable! Tallaré una flor i me la posaré als cabells.

Però, vet ací que quan estava a punt de tallar-la:

—¿Serà possible? —digué una veu grossa i retronant—. No sols t'atreveixes a torbar la pau de qui descansa sinó que, a més, et presentes descaradament amb la intenció de privar a un arbre d'una de les millors flors que té. ¡Quin tupé té la xiqueta!

Neva, esglaiada, es girà de seguida, però no va veure ningú. Mirà cap a la dreta i també cap a l'esquerra, però tampoc va veure cap persona. Amb un «no sé què» allà dins que començava a pujar-li a la gola, intentà córrer però:

—¡PSSSS! ¡Ni un passet, criatura, ni un passet! ¡Ací quieta!

Neva, quieta com una estàtua, va veure com una manassa apartava les branques de l'ametler i apareixia una figura d'allò més estrafolària. Es tractava d'un home no massa gran, però una mica gros per a la seua estatura. Vestia una túnica verda ornada d'estrelles argentades. Al cap, un poc gros, portava tres grans capells, també verds i ornats de llunes mig apagades. Els capells acabaven en punta, però heu de saber que aquesta punta no era com la que estem acostumats a veure, ¡de cap manera! No era en realitat una punta, sinó una palmera. Sí senyor, cada capell acabava en una palmera xicoteta amb datilets de veritat.

Neva de seguida va tenir un pressentiment i li preguntà:

—¿Ets tu el fadot...?

—¡Sí senyora! —contestà el personatge en qüestió sense deixar-li acabar la pregunta—. Ets davant del fadot Esborratí, criatura furtaflors d'ametler.

—No, però si jo... —quequejà la xiqueta—. Jo mai... Si a mi no m'agrada llevar... Vull dir, jo mai arranque les flors dels arbres, però... en veure'l tan bonic... jo...

I el fadot, que no es podia aguantar el riure, li digué:

—Bé, em fiaré de la teua paraula i ho oblidaré tot.

En aquell moment van aparéixer la resta de companys de Neva amb la mestra. Preocupats per la seua absència, havien vingut a buscar-la. Quan van veure el fadot, van exclamar tots alhora:

—¡ÉS EL FADOT ESBORRATÍ!

Esborratí, per fer-se l'important, va traure un xiclet de la túnica, se'l posà a la boca i els digué:

—Bé, xiquets i xiquetes, com heu estat tan intel·ligents de reconéixer la meua magnífica persona, em veig en l'obligació de ser generós amb vosaltres, la qual cosa significa que estic disposat a ajudar-vos a trobar l'última paraula que us falta.

—¿Vols dir que vas a tornar-nos-la? —preguntà Maria Dolors.

—Potser sí, potser no —contestà el fadot mentre feia una bufa enorme amb el xiclet—. Això depén de vosaltres. La paraula, heu de guanyar-la.

—Però, ¿com? —preguntaren els xiquets

al mateix temps.

Amb un to de veu força interessant, els digué:

—És molt fàcil. El que heu de fer és jugar amb mi. ¡Ah!, però amb una condició: que jugueu vosaltres sols, sense la mestra, ¿entesos? Si sou intel·ligents i guanyeu, trobareu de seguida el que busqueu, però si us comporteu com uns beneits, perdreu per sempre la paraula i l'objecte que representa.

Els xiquets i les xiquetes es miraren els uns als altres, amb una certa por al seu esguard. Fins aleshores, la mestra els havia animat, els havia ajudat a cada moment, però d'ara endavant serien ells els únics responsables de la recuperació d'allò que tant desitjaven. ¿Què passaria si no ho aconseguien? ¿Es quedarien per sempre sense les taules?

L'endevinalla

El fadot Esborratí féu que els xiquets i les xiquetes s'assegueren a terra formant un gran rogle. Se'ls mirà tots, féu un somriure que contrastava amb la seua veuota grossa i de tro i, a continuació, es posà a parlar:

«POSEU TOTS ATENCIÓ PERQUÈ...
MALGRAT QUE US QUEDEU SENSE ALÉ
O M'HO DEMANEU EN COMITÉ
I AL DAMUNT D'UN TERRAPLÉ,
JO MAI NO HO REPETIRÉ.
PERQUÈ NOMÉS CINC PARAULES ADMETRÉ
I, AVIAT, LA SOLUCIÓ DECLARARÉ.
I ARA...UNS VERSETS VULL DECLAMAR
ALS QUALS FALTA UNA PARAULA
QUE HAUREU D'ENDEVINAR
SI AVIAT VOLEU LA TAULA.

Durant el dia, el sol
i a la nit, el llantiol,
els dàtils a la palmera
i les lletres a la...»

Els xiquets i les xiquetes, nerviosos per si de cas no encertaven, començaren a cridar:

—¡ULLERA!

—¡No!, i ja en va una.

—¡XIMENERA!

—¡No!, i ja en van dues.

—¡VISERA!

—¡No!, i ja en van tres.

—¡MORERA!

—¡No!, i ja en van quatre.

Tothom es quedà callat. Només els faltava dir una paraula i no era cosa de dir-ne una qualsevol sense pensar-s'hi una mica.

Maria Dolors, nerviosíssima, passejava d'ací d'allà sense poder dir ni pruna.

A la fi, Neva contà una, dues i tres, tancà els ulls i les mans i digué ben fort:

—¡PANERA!

El fadot, amb un somriure d'orella a orella, parlà així:

—Encertada la paraula,
només us queda una cosa:
aneu tots a buscar-la,
tots a l'una i molt de pressa.

I, en acabar de parlar, ¡PLOF!, el fadot desaparegué.

Els xiquets i les xiquetes s'alçaren de terra de pressa, anaren corrents cap on era la mestra i es posaren a preguntar-li:

—Senyo, ¿què ha volgut dir el fadot amb això?

—¿Per què ha desaparegut?

—¿No deia que anava a ajudar-nos?

—Tranquils, que ara ho tenim molt fàcil —digué la mestra—. Mireu, tot aquest joc amb el fadot ha estat una manera de dir-nos que la paraula que ens falta és dins d'una panera.

—¡És clar! —exclamaren tots al mateix temps.

—Així doncs —continuà dient Maria Dolors—, hem de tornar ara mateix al poble per escorcollar totes les paneres que hi puga haver.

En un tancar i obrir d'ulls, emprengueren el camí de tornada i tan bon punt arribaren al poble comprovaren amb satisfacció que la gent anava pels carrers com si fóra un dia de festa.

Els homes i les dones xarraven sobre els últims esdeveniments i emetien les seues hipòtesis:

—Doncs jo pense que tot ha estat un avís.

—¿Un avís, de què?

—Ai, no ho sé, però de segur que tot ha estat un avís...

—... ... ...

—Mireu, la cosa està claríssima. Tot és per culpa de la contaminació atmosfèrica.

—Però, ¿què dius ara? El que ha passat és una conseqüència del forat de l'ozó.

—¿Vols dir?

—¡Naturalment! I sort que quasi tot s'ha

pogut resoldre perquè...

—... ... ...

—¡Ai, Senyor! ¡Quines coses ens toca viure!

—No, si jo sempre ho he dit: des que l'home va pujar a la Lluna, les coses ja no funcionen igual.

—¡Home, tampoc és això!

—... ... ...

Tothom parlava i tothom volia tenir raó, perquè ningú es creia res del que deia l'altre. A la fi, arribaren a la mateixa conclusió: fóra quin fóra l'origen dels esdeveniments estranys d'aquell dia, no hi havia cap persona que hi poguera trobar una explicació, ni el metge que tant havia estudiat, ni l'alcalde que tant sabia xarrar. Per tant, allò era un misteri. Com també era un misteri que les taules continuaren sense aparéixer.

Maria Dolors, en veure la moguda que hi havia, va dir:

—Vaig a buscar el senyor alcalde perquè convoque els veïns a la plaça Major. Quan hi siguen tots, jo els parlaré. Aneu anant, que jo vinc de seguida, ¿d'acord?

Com que el poble no era gens gran i la gent era al carrer, va ser ben fàcil que tothom acudira ben aviat a la plaça Major.

Maria Dolors, un xic nerviosa, començà a parlar-los:

—Estimats veïns. Ja sé com esteu de preocupats per tots els esdeveniments darrers, però, malgrat tot, també comprove que l'alegria us il·lumina els rostres. No obstant això, sóc conscient que aquesta alegria no pot ser completa, perquè encara ens falta recuperar una cosa: les taules. Ara bé, jo sé la manera de recuperar-les i per això us demane de fer el que ara us diré...

Les persones, homes i dones, es miraven els uns als altres tot dient:

—¿Què li passa, a aquesta xica?

—¿No és la mestra nova d'enguany?

—¡Calleu, calleu! Potser sap alguna cosa que nosaltres ignorem.

—Sí —continuà parlant Maria Dolors—, m'imagine que les meues paraules us estranyaran, però no importa. Mireu, no em pregunteu la raó de la demanda que us faré, perquè no podria contestar-vos. En aquest moment només us demane que confieu en mi. Així doncs, si de veritat voleu recuperar les taules desaparegudes, haureu de dur, al més prompte possible, ací, a la plaça, totes les paneres que tingueu a casa.

—¿LES PANERES?

—¡Aquesta xiqueta està guillada!

—¿I què hi pinten les paneres, en tot aquest embolic?

El iaio Josep, que també era a la plaça, a l'aguait de tot el que passava, decidí intervenir.

—Amics meus. Això que diu la mestra és veritat. Feu-li'n cas i dueu el que us demana sense perdre més temps. De vegades, en la vida trobem coses difícils d'entendre i, possiblement, aquesta és una.

En sentir-lo, homes i dones decidiren fer el que els demanaven. Ningú comprenia res i a tothom li haguera agradat fer un grapat de preguntes, però si el iaio Josep deia que havien d'obeir la mestra, devia tenir les seues raons i ell mai no s'equivocava.

Ràpids com fletxes, tots anaren cap a casa, agafaren les paneres que hi trobaren i, a corre-cuita, tornaren a la plaça.

En un tres i no res, la plaça Major es va convertir en una mena d'exposició de paneres. N'hi havia per a tots els gusts i de totes les grandàries: algunes eren fetes de joncs, d'altres d'esquerdes de canya, i també n'hi havia de vímet i d'espart. Però, a més d'això, les formes eren d'allò més variades. Hi podies trobar paneres d'una ansa, paneres de dues anses i fins i tot paneres amb tapa i sense.

La gent havia agafat les paneres de casa tal com estaven en aquell moment. Per tant, malgrat que la majoria eren buides, es podia veure que algunes contenien panellets, fruites o altres queviures.

Tothom, amb la panera a terra, guardava el més absolut dels silencis.

Maria Dolors, centre de totes les mirades, sentia créixer per moments el seu nerviosisme i es trobava més i més incòmoda en aquella situació. El iaio Josep, que s'imaginava el patiment de la mestra, se li apropà i li digué a cau d'orella:

—Tranquil·la, que estàs fent-ho molt bé.

La veu dolça de l'ancià aconseguí asserenar l'ànima de Maria Dolors. Tractà de somriure, cridà els alumnes i els donà les instruccions escaients per revisar amb deteniment totes i cada una de les paneres.

Els xiquets i les xiquetes començaren a mirar i remirar, per dins i per fora, cadascun d'aquells objectes innocents. De sobte:

—¡Senyo, senyo! —exclamà Lena després de traure les pomes d'una de les paneres—. ¡Mira què he trobat!

Maria Dolors, amb gran satisfacció, comprovà l'existència d'unes lletres del mateix color que el recipient que les contenia, les quals, inquietes pel seu hostatge, es movien sense parar d'una banda a l'altra de les parets de la panera.

Tothom s'hi volia acostar per veure què hi havia. L'ama de la cistella, amb els ulls com taronges, no gosava badar boca. Però, quan va reaccionar, començà a moure els braços com si foren cavallets de fira, alhora que deia als uns i als altres, com un disc ratllat:

—¡Tot açò és cosa de dimonis! Però si no fa ni una hora que he anat a ca Vicentica a comprar aquestes pomes. Que caiga a terra ara mateix si no és veritat el que dic. ¡Us jure que la cis-

tella era buida i ben buida! ¡Ai, Senyor! ¿Què li ha pogut passar, a la meua cistella? De segur que alguna ànima solta li ha tirat el mal d'ull. ¡Ai, Senyor! ¡I que tot açò em passe a mi...!

Maria Dolors i els xiquets no es podien aguantar el riure. Malgrat la importància de la troballa, resultava una situació còmica.

Com que la dona es trobava com més va més alterada, Maria Dolors l'agafà del braç mentre li deia:

—Calme's i no faça aquesta cara de disgust; al contrari, hauria d'estar ben contenta. Pense que gràcies a la seua panera podrem recuperar el que encara ens falta.

—¿Vols dir, xiqueta? Mira, jo no entenc res de res. No, si ja ho dic jo, aquesta joventut ens farà tornar bojos... Ara resulta que gràcies a la meua cistella... No, no puc entendre res de res.

Maria Dolors, que no volia allargar més temps l'espera, agafà una a una les lletres dansarines i les deixà a terra tot formant la paraula esperada, T A U L A, i immediatament deixaren de moure's.

—Podeu tornar a casa. Les taules ja són al seu lloc —digué Maria Dolors a la gent del poble.

El regal

La plaça quedà quasi buida. Només hi havia Maria Dolors, els seus alumnes i el iaio Josep.

Cap d'ells parlava. Potser el somriure enyoradís d'aquelles caretes i la lluentor dels ulls ho deien tot.

La paraula formada per les lletres trobades un moment abans continuava ordenada a terra. Mentrestant, els crits d'alegria dels homes i de les dones se sentien a través de les finestres tancades, de les portes mig obertes...

Maria Dolors contemplava fixament aquella paraula i milers de pensaments se li amuntegaven al cap. ¿Què en pensarien els seus companys de l'escola? ¿Quina explicació els podria donar quan, l'endemà, es posaren a aclaparar-la amb preguntes i més preguntes? ¿Què podria contestar que fóra creïble? ¿Serien capaços d'admetre la veritat? ¡NO! ¡De segur que no! Potser si s'animava a explicar-los fil per randa tot el que havia passat aquella vesprada, se'n riurien. Alguns, els més tolerants, pensarien que tot havia estat fruit d'una fantasia, però la majoria dirien que s'havia tornat boja. No, realment mai no els podria contar tot el que havia vist, el que havia aprés i com havia gaudit d'aquella vesprada inoblidable...

El contacte càlid d'una mà aconseguí que la mestra abandonara aquells pensaments que tant la marejaven. El iaio Josep, amb la tendresa que el caracteritzava, li digué, com si llegira tot allò que l'afligia:

—Ningú et farà cap pregunta. Demà quan el sol del nou dia faça alçar la gent del llit, ningú recordarà res del que ha passat avui.

Els xiquets i les xiquetes es van posar tot al voltant de la paraula. De sobte, però, les lletres començaren a unir-se i en quedà un mot compacte, com els que podem llegir en qualsevol llibre. La mestra l'agafà i, al contacte amb les seues mans, la paraula va adquirir una tonalitat verda que es feia ara clara, ara més fosca, com la mar quan la brisa acaricia l'aigua.

—Guardeu-la —digué l'ancià—. ¡Aquest senyal significa que el fadot us la regala!

Maria Dolors tancà la mà i la posà a la butxaca. Aleshores va notar el contacte d'un objecte de metall. ¡Era el xiulet! L'agafà mentre es dirigia al iaio Josep per dir-li:

—Pense que ja és hora de tornar-li'l. Però —digué de sobte—, abans m'agradaria usar-lo per última vegada. Potser els xiquets tenen ganes d'acomiadar-se de Filiberta.

L'emoció tornà a cobrar vida en l'ànima

d'aquelles criatures. De seguida tornarien a veure aquell animalet tan guai, tan estrafolari i excèntric, però també tan fabulós, que els havia ajudat tothora.

El so del xiulet es va sentir amb força i, en un tancar i obrir d'ulls, es presentà la tortuga tot desembolicant un caramel de menta.

—És per a la gola, ¿sabeu? Els humans em feu parlar massa —digué Filiberta assenyalant el caramel.

Tothom va riure amb tendror.

—Només volíem donar-te les gràcies —digué la mestra.

Filiberta es posà el caramel a la boca i, amb cara de complaença, els va dir:

—Ja ho sabia.

A continuació donà a Maria Dolors l'embolcall del caramel i li digué:

—Teniu, us pertany.

I, fent-los l'ullet, va desaparéixer.

Els xiquets i les xiquetes s'apropraren a la mestra. Aquell paper que, un poc abans, havia servit per embolicar un caramel de menta, començà a engrandir-se lentament.

L'embolcall va adquirir la grandària d'un full de llibre, ¡era igual que els fulls del llibre que el iaio Josep els havia mostrat a primeres hores de la vesprada! Es van fixar que hi havia lletres impreses i miraren d'interpretar-ne el significat. En començar a llegir, però, s'adonaren que llegien ¡LA SEUA HISTÒRIA! En aquell paper hi havia escrits els seus noms i totes les coses que els havia passat aquell dia.

De sobte, un vent suau i quasi acaronador començà a moure les branques dels arbres, alhora que un gran soroll sonà darrere del grup. Es giraren i, amb gran sorpresa, descobriren un munt de fulls que, com un raig, s'acostaven cap a la plaça.

En arribar on era el grup, una força misteriosa va prendre el full de les mans de la mestra i es va barrejar amb els restants, que es mantenien en l'aire. De colp i volta, tots aquests fulls es tornaren a posar en moviment bo i creant un grapat de personatges i paratges ben diversos, ara de fades, ara de bruixes, ara de muntanyes nevades, ara de prats florits, ara de xiquets i xiquetes, ara de...

A poc a poc, aquests moviments anaren amainant fins que, en un últim moviment ben diferent dels anteriors, els fulls esdevingueren un llibre que va anar a posar-se a les mans de Maria Dolors.

Era un llibre gran, gruixut i d'un color bastant difícil de definir, ja que canviava constantment de tonalitat. Era el llibre d'històries que mai s'estudien a l'escola, ¡però que són tan autèntiques!

El iaio Josep, Maria Dolors i els alumnes intercanviaren una mirada de complicitat.

Des d'aquell dia, a l'escola no falta mai la lectura d'una de les històries del llibre. ¡N'hi ha tantes!

ÍNDEX

Aquest llibre s'acabà d'imprimir en els tallers gràfics de Printing-10, Móstoles (Madrid) en el mes de octubre de 1996. En la impressió s'ha utilitzat paper 100 % reciclat, tant a l'interior com a les cobertes.